LES CONTEMPORAINS

portraits au XXème Siècle

———

LA PHARMACIENNE

PAR

JEAN GIRAUDOUX

———

1 franc

———

PARIS

chez Delamain, Boutelleau & Cie

LIBRAIRIE STOCK

LIBRAIRIE STOCK

Le Volume 5 fr. 75

ANDERSEN. — *Contes choisis.*

G. APOLLINAIRE. — *L'Hérésiarque.*

BARBEY D'AUREVILLY. — *Polémiques d'hier.*
— *Dernières Polémiques.*

E. BARRET-BROWNING.
— *Aurora Leigh.*
— *Poèmes et Poésies.*

BJŒRNSTJERNE-BJŒRNSON. — *Au delà des Forces.*

LÉON BLOY. — *Belluaires et Porchers.*
— *Propos d'un Entrepreneur de démolitions.*

ÉLÉMIR BOURGES. — *La Nef.*
— *Le Crépuscule des Dieux.*

BRIEUX, DE L'ACADÉMIE FRANÇAISE. — *Théâtre complet.*

JACQUES CHARDONNE.
— *L'Épithalame.*

G. ELIOT. — *Middlemarch.*

PAUL GÉRALDY. — *Toi et Moi.*

ÉMILIE GUILLAUMIN. — *La Vie d'un Simple.*

IBSEN. — *Solness le Constructeur.*
— *La Dame de la Mer. Un Ennemi du peuple.*

RUDYARD KIPLING. — *Cité de l'Epouvant…*
— *Nouveaux Contes de…*
— *Trois Troupier…*

KROPOTKINE. — *Au… d'une Vie.*
— *Champs - Usines - Atelier…*
— *La Conquête du Pain.*

PIERRE MILLE. — *Pa…boles et Diversions.*

MARLOWE. — *Théâtre.*

T. de QUINCEY. *Confessions d'un … d'Opium.*
— *Souvenirs autobio… hi… du Mangeur d'Opiu…*

SHELLEY. — *Œuvres P…tiques.*
— *Œuvres en Prose.*

STRINDBERG. — *La Da…de Mort.*

SWINBURNE. — *Ch…d'avant l'Aube.*

A. SCHNITZLER. — *Anat…*
— *La Ronde.*

OSCAR WILDE. — *Intenti…*
— *Le Crime de Lord Art…Savile.*
— *Le Portrait de Dorian G…*
— *Une Maison de Grenades.*
— *Théâtre.*

St. E. WHITE. — *Terres…Silence.*

TOLSTOI. — *Œuvres c…plètes.*

JEAN GIRAUDOUX

JEAN GIRAUDOUX

La Pharmacienne

PARIS
LIBRAIRIE STOCK
PLACE DU THÉATRE FRANÇAIS
1922

JEAN GIRAUDOUX

JEAN GIRAUDOUX

Né à Bellac le 19 octobre 1882, Jean Giraudoux est un des écrivains les plus représentatifs de la génération littéraire dont l'œuvre est en pleine réalisation.

D'une solide culture classique, il fut élève de l'Ecole Normale Supérieure — Giraudoux est un « sportif » courant les 400 m. et jouant à l'aile droite de la ligne des trois-quarts dans le grand jeu du rugby.

C'est, d'ailleurs, un des points caractéristiques de sa génération, qui nourrie comme ses aînées de latin et de grec, sut endosser le maillot aux couleurs du club. Ce détail lui conféra une vitalité singulière si l'on songe à l'atmosphère spéciale dans laquelle elle évolue.

Jean Giraudoux avant d'écrire vécut beaucoup à l'étranger, ce qui vaut mieux que de voyager pour le plaisir de voyager. Il fut parisien à Paris, Munichois à Munich, résida en Autriche, aux Etats-Unis d'Amérique, au

JEAN GIRAUDOUX

Canada. Il fit la guerre comme fantassin, écrivit sur cette aventure, un des livres, peut-être le livre le plus près de sa génération, celle des écrivains : Lectures pour une ombre. *Jean Giraudoux est décoré de la Légion d'honneur et de la croix de guerre.*

Si l'on considère la formation pittoresque de ses premières années, Jean Giraudoux pouvait aisément prétendre au titre d'écrivain international. Je ne pense pas que son œuvre déjà abondante évolue dans ce sens. Un sens très profond et très intime du terroir fait de lui un des écrivains français les plus étroitement attachés à la race dont il renouvelle les traditions littéraires grâce aux dons magnifiques de son indiscutable personnalité. Jean Giraudoux possède un style qu'il a créé, un style d'une richesse merveilleuse, où la pensée rebondit de détails en détails, d'associations d'idées en associations d'idées jusqu'à la précision la plus cruelle.

Jean Giraudoux a déjà composé une œuvre importante; c'est : l'Ecole des indifférents *parue en* 1911, Provinciales (1913), Simon le pathétique (1919), Lectures pour une ombre (1917), Elpénor (1919), Amica America (1918), Adorable Cléo (1920) *et enfin* Suzanne et le Pacifique (1921), *un roman d'imagination dont certaines pages sont semblables aux détails précieux de certaines tapisseries : prairies*

JEAN GIRAUDOUX

semées de fleurs, mais de fleurs, s'associant entre elles comme des mots propres aux comparaisons les plus imagées et les moins équivoques.

Mais ce n'est pas une explication quelconque qui pourra donner une idée de la place que tient Jean Giraudoux dans sa génération. Comme tous les hommes qui ont apporté sur le marché des idées et des images, des expressions et des réactions vraiment nouvelles — je ne dis pas des idées — Jean Giraudoux est difficile à définir. Plus tard, la critique le placera à la tête de tout un groupe d'écrivains et fera de lui un inspirateur, ce qu'en d'autres termes, il est de bon ton d'appeler un maître.

PIERRE MAC ORLAN.

LA PHARMACIENNE

I

Aucun des invités de Mme Rebecque ne remarquait, ce soir-là, que toutes ces dames étaient jolies. Ils les laissaient à leur bésigue, et fumaient, les coudes à l'aise. Tous, de la vérandah, regardaient passer le soleil, comme on regarde, dans les villes plus favorisées, passer le train. C'était le soleil de quatre heures, déjà ralenti, et Mme Danton qui s'éventait de son mouchoir, avait l'air de saluer une parente, du quai. Il y avait là un rossignol qui chantait en pleine lumière, le gosier rouge comme si une veine s'y fût rompue; il y avait aussi Coco Rebecque, assise près de sa mère, qui imitait ses roulades, mais si maladroitement que l'oiseau ne comprenait pas la plaisanterie et continuait avec la même conviction; il y avait encore Lulu Rebecque, qui offrait le sucre et la bénédictine, modestement, sans insister, comme si elle les avait faits elle-même; et, tout près d'elle, l'agent voyer, qui avait eu sur la pince des mots cruels, et se servait à sa place du pouce et de l'index de la jeune fille.

— Quel original vous faites! disait la noire Mme Rebecque, mais elle pensait :

Quel gendre il pourrait faire, marié à Lulu s'il aimait les brunes, ou au besoin à Coco, si, mon Dieu, il préférait les blondes. C'était un travailleur et un modeste; au lycée de Bourges, il avait déjà tous les prix, et maintenant encore, sous sa brosse de cheveux roux, il avait l'air doré sur tranches.

Voilà, justement, qu'il félicitait Coco, qui fredonnait toujours pour n'avoir pas à répondre. La maladroite. Sa mère dut prendre la parole.

— Vous la gâtez, dit-elle; le médium est bon, mais Mademoiselle a sa tête, et le diable ne lui ferait pas faire les liaisons. J'en suis réduite à lui faire chanter et rechanter le cinquième acte de *Faust*, où l'on n'en trouve que trois.

— C'est un charme de plus, ripostait l'agent voyer. Voyez les Américaines. Ou plutôt, voyez les Allemandes. L'Allemande ne fait pas la liaison, et c'est la meilleure musicienne du monde. Je vous l'assure, c'est un charme.

— C'est une maladie, affirma Mme Rebecque, et son ton ne souffrait pas de réplique. Coco sera française dans son chant, comme elle l'est dans toute sa manière d'être. Les Allemandes mangent à la brasserie : Coco sera cuisinière, ainsi que Lulu d'ailleurs. Les Américaines dansent le cake-walk : Coco polkera, et elle mazurkera, et elle quadrillera, si la danse ne lui donne pas de palpitations. Voyons Coco, sois sérieuse; essaye de dire, en faisant les liaisons, la première phrase venue : j'aime les choux et les perdrix, ou bien j'aime les perdrix aux choux; ou ce que tu voudras, mon petit Coco.

Coco tourna la tête, comme si la phrase de sa mère était chiffrée, et lui ordonnait de contempler M. Danton qui se curait les oreilles du petit doigt, et qui, surpris par le regard de la jeune fille, se secoua violemment le lobe, comme s'il y découvrait subitement une boucle d'oreille — pour donner le change.

— Elle me fera mourir, conclut Mme Rebecque, qui s'éloignait pour le bésigue.

Une fois seul à seule, l'agent voyer prit la main de Coco entre deux doigts, comme s'il voulait en sucrer son café.

— Mademoiselle Coco, supplia-t-il, pour moi, pour moi tout seul, redites la phrase de Madame votre mère.

Coco répliqua, mutine comme elle seule sait l'être :

— Je mentirais; je n'aime pas les choux.

Il riposta, du tac au tac :

— Vous vous trompez, Mademoiselle Coco, c'est sous leurs feuilles que naissent les deux choses que vous préférez au monde, les petits garçons encore en robe, et le beurre.

JEAN GIRAUDOUX

Elle sourit à peine, distraite, se demandant si chaque cheveu de l'agent voyer, pris à part, était aussi roux. Elle dit, subitement attristée :

— Ce que je préfère, c'est Paris !

Il fit l'éloge de Paris qu'il avait habité six semaines. Comme il la comprenait ! Une fois le boulevard Raspail percé, on tombera directement sur le boulevard Saint-Germain, et l'on aura à deux cents mètres la Concorde, en face la Madeleine; en face de la Madeleine, la Chambre, les Invalides; en face des Invalides le pont Alexandre-III. Et les chaussées pavées à la dame ! Et tout cela avant six mois ! Mais pour lui, il préférerait Genève.

Ils se turent, car autour d'eux tous s'étaient tus : la lumière papillotait depuis une minute, et le paysage tremblait devant eux, flou comme une projection que l'on met au point. Une bise, reste de l'hiver, avait déniché, on ne sait où, des feuilles mortes qui couraient après elle, s'arrêtant net quand elle s'arrêtait, avec l'intelligence de vieilles dames qui veulent rejoindre le tramway; le rossignol ourlait d'un vol saccadé le massif des pins; la route épuisée se desserrait autour des collines, brunie par places, comme si elle changeait de peau. On se sentait plus isolé au milieu du jardin muet; Coco souriait à l'agent voyer qui passait le sourire à Lulu, qui le repassait à son voisin, de même qu'on fait circuler le furet dans la ronde; Mme Blebé allait de groupe en groupe, laissant tinter à chaque pas son rire argentin, sans doute pour ne pas se perdre, ainsi qu'une vache qui promène sa sonnette. Il flottait un air étranger qui vous rappelait soudain qu'il n'y a pas au monde que le bésigue, et le soleil, et notre France — mais qu'il y a encore l'Italie, qu'il y a le Tyrol; qu'à quatre heures de chemin de fer, s'étalent des lacs merveilleux, assez profonds pour que des pics de douze mille pieds s'y mirent jusqu'à la cime, avec des échos que l'on poursuit à coups de pistolet, et qui se cabrent, et qui se traînent aux flancs des rochers comme des chamois; avec des vues panoramiques de la retraite de Bourbaki, où nos chers petits soldats ressemblent, sous leurs énormes pompons vert pomme, à des fils de Guillaume Tell. L'orage qui s'amoncelait sur la droite vous effrayait à peine, et vous ne vous seriez pas levé de votre pliant, si la plus belle femme du département, les paupières abaissées sur ses yeux trop prometteurs comme des feuilles de vigne, si la plus belle femme du monde était passée.

Or, elle passa, sur le sentier qui borde la terrasse, les bras chargés de bruyères qu'elle secouait pour faire tomber les fleurs fanées. Et sa gorge royale se soulevait moins au rythme de ses poumons qu'au rythme de son cœur.

— C'est la nouvelle pharmacienne, annonça le contrôleur, d'une voix sans timbre, comme celle des récitants qui vous apprennent, dans les oratorios, que la Samaritaine est à vingt pas, à dix pas, qu'elle arrive.

L'agent voyer suivait l'apparition de ses yeux

éblouis, sans remarquer que l'on ne voyait plus que la robe à travers les sapins, que dis-je, la robe — qu'on ne voyait plus que le ciel.

— C'est une enfant, disait Mme Blebé.

— C'est une fausse maigre, corrigeait le contrôleur.

C'était tout ce que l'on voudrait, mais si elle avait été étranglée dans la nuit, les détectives américains auraient affirmé que l'agent voyer était l'assassin, car son image était là, collée à jamais sur la rétine.

— La voilà disparue, la voilà bel et bien disparue, murmura t-il, mais si fort que ces dames sursautèrent et le dévisagèrent, inquiètes; son lorgnon tremblait sur son nez comme une médaille sur un cœur de première communiante. Coco, froissée, retira sa main; il la laissa faire, les lèvres serrées, tandis que le contrôleur psalmodiait sans hâte la vie de la pharmacienne.

— Elle est née à la Châtre, comme George Sand.

— Elle paraît châtain, mais au fond elle est brune.

— Sa mère? sa mère était sage-femme.

Une exclamation l'interrompit. Une araignée fauchait la jupe peluchée de Coco, qui poussait un cri d'horreur; le vieux contrôleur crut qu'on mettait en doute sa bonne foi, et se tournant vers la jeune fille, il s'emporta :

— Je vous dis que sa mère était sage-femme. Et tout ce qu'il y a de plus sage-femme.

Il s'aperçut trop tard de sa méprise. Un silence

suivit, glacial, d'autant plus désagréable que Coco avait le fou rire et, n'osant se cacher la figure, caquetait de son haut, les mains dans le rang. Par bonheur, le fox de Mme Danton reconnut sur le visage d'un invité les traits de l'ennemi héréditaire, et, au milieu de ses aboiements, le contrôleur trouva l'audace de s'expliquer.

— Sa mère, elle était sage-femme à Châteauroux, et Eugène, le filleul de Mme Rebecque, avait vu le jour dans ses bras. C'était une habile praticienne qui n'avait jamais raté un accouchement. Elle était morte, voilà une vingtaine d'années, en mettant au monde la pharmacienne.

M. Pivoteau hasarda une plaisanterie, mais prudemment, comme on joue vingt sous sur la bande.

—Enfin, à part ma femme, nous en avons tous eu besoin, des sages-femmes.

Mme Pivoteau, en effet, était née dans le train, entre La Motte-Beuvron et Montargis, et elle sourit à son mari avec quelque reconnaissance et quelque orgueil, se rappelant les années de pension où les maîtresses se récriaient, après lui avoir demandé le lieu de sa naissance, pour les palmarès.

Mme Blebé, elle, plaignait la pharmacienne.

— Oh, la pauvre jeune femme!

Mme Blebé plaignait le monde entier, les vaches qu'on attelle, les guêpes qu'on écrase, le pauvre miel que l'on mange; elle plaignait non pour être plainte à son tour, mais par habitude, et peut-être pour simplifier ses sentiments, de même qu'elle trouvait à tout ce qu'elle respirait le parfum de l'héliotrope et à tout ce qu'elle mangeait le goût de noisette. Mais l'agent voyer, sans réfléchir, ripostait, menaçant :

— Pourquoi pauvre? je voudrais bien savoir pourquoi pauvre?

Mme Blebé le regarda avec stupeur. La lumière, les bruits paisibles et habituels pesèrent sur chaque cerveau comme les rumeurs d'un marché sur un malade. Mme Blebé en oubliait de plaindre l'agent voyer, et le vent balançait sur sa tête et sur son chapeau de fleurs et des cheveux qu'il croyait vivants. On prenait pour des moucherons l'air qui papillotait, et on le chassait de la main. La voix du contrôleur était si fausse que le fox de Mme Danton en hurla, du bas de la terrasse, jusqu'au moment où l'autre fit semblant de ramasser un dessin du tapis, et de le lui lancer, à plat, comme s'il voulait faire des ricochets sur la pelouse. Seule Mme Rebecque, les yeux fermés, gardait la notion du vrai monde, et elle s'en lamentait :

— Le voilà amoureux, pensait-elle. Amoureux d'une pharmacienne! Il en a pour six mois. Si c'est Coco qu'il épouse, rien n'est perdu. Mais, Sainte Vierge, si c'est l'aînée!

L'agent voyer faisait sa tournée hebdomadaire, escorté du père Bénoche, son chef cantonnier. Ils suivaient la route nationale, oubliant qu'ils marchaient, ainsi qu'un bateau suit le fil d'un fleuve, et, aux villages, ils ralentissaient d'eux-mêmes, comme dans une écluse. Ils passaient la revue des tas de cailloux sans les regarder. Le père Bénoche seul, par à-coups, pensait. Il pensait :

— La belle journée.

Vous l'auriez pensé comme lui. Il n'y avait au ciel que trois ou quatre petits nuages pourpres et quelques vols d'étourneaux qui butaient contre l'horizon avec l'entêtement d'une guêpe qui veut traverser une vitre. Les poteaux des postes ronflaient comme si l'on se télégraphiait de tous les cantons à la fois, pour se féliciter d'un si bel après-midi. La chaleur, qu'un vent entêté rabattait et secouait des

2

arbres, s'accrochait sans répit aux passants et, le père Bénoche essayait de sommoler tout en marchant. Mais en vain, la pensée éclosait à nouveau sous son crâne tiède. Il pensait :

— La belle route.

Et, une fois déclanchée, sa pensée ne connut plus de frein. Elle s'énuméra les communes du canton, les cantons de l'arrondissement, l'adresse des délégués cantonaux. Puis elle monta peu à peu, devint sa voix, et l'agent voyer dut entendre une fois de plus les aventures qui avaient rendu son compagnon légendaire, celle de ses oisons, qui s'étaient noyés dans la fontaine publique, justifiant les craintes de la poule qui les couva. Celle d'une jument étique, qu'il promena deux ans de foire en foire, en disant aux maquignons : — Ah! la bonne bête! mettez-lui le derrière contre le mur; si elle recule, je vous la donne pour rien.

— Bénoche! Bénoche! grommelait l'agent voyer, vous êtes un enfant!

— Je suis un loustic, répondait Bénoche, en claquant des lèvres, voilà ce que je suis.

Il se tut cependant, car on arrivait à l'auberge. La maîtresse de l'agent voyer était assise sur le seuil, mais elle ne se leva même pas à la vue de son amant. Elle était seule, son mari l'hôtelier n'était jamais là, recrutant sans doute, dans les campagnes, des clients qu'il ramènerait un jour, tous ensemble, par milliers. Bénoche alla discrètement pêcher à la rivière, et l'agent voyer, soulevant la femme dans

JEAN GIRAUDOUX

ses bras, la porta, plein de désirs, jusqu'au buffet.
Il y prit une bouteille de bière, puis fatigué, s'assit.

Le jour entrait coupé en tranches par les vitres
étroites, et semblait le jet d'un fanal. Le soir collait
le paysage à la fenêtre comme du papier vitrail,
et de l'ongle on eût volontiers gratté la chapelle
dont les cloches sonnaient à vous casser la tête.
On hésitait, par paresse, et parce qu'on s'habituait
peu à peu au carillon. Le pot-au-feu bouillait comme
une source à peine née, qui ne sait si elle doit rire
ou pleurer de sa naissance. L'agent voyer, la tête
dans les mains, ne savait s'il était heureux ou mal-
heureux, et il lui semblait que sa maîtresse avait
engraissé.

— Hélène! appela-t-il.

Hélène, accoudée au buffet, était belle et ridicule
comme une statue qu'on habilla. Ses boucles d'oreilles
paraissaient si larges qu'il avait envie d'y attacher
une ficelle et de s'amuser au cheval. Pour le pré-
venir, sans doute, elle vint vers lui, et prit ses mains;
elle les prit dans deux grandes mains brunies qu'on
eût dites créées pour jouer à la main chaude, et
recevoir de lourdes tapes. Quatre heures sonnaient.

Quand cinq heures eurent sonné, elle refit ses
nattes, et ils sortirent. Ils allèrent jusqu'à l'Indre,
qui s'étirait, luisante, comme la trace d'un escargot
gigantesque, entre des prairies de pente telle que
l'herbe y semblait en espalier. De sa main droite,
il couvrait sa cravate rouge, par peur des bœufs,
mais bien à tort, elle était si petite qu'une grenouille

eût hésité à y mordre. Il ne savait ce qu'on faisait de sa main gauche. Il ne savait ce qu'on faisait au juste de son cœur.

— Hélène, murmura-t-il, je crois bien que tu es toujours ma petite Hélène.

Elle répondit :

— Et ta pharmacienne, qu'est-ce qu'elle est?

Ce qu'elle était? Elle aussi! Il allait le lui faire savoir. Une colère brusque l'envahit. Il la prit par les poignets, et demanda, menaçant :

— C'est ton mari qui t'a dit cela?

Elle paraissait ne l'avoir pas entendu. Ses yeux erraient sur les collines qui se vêtaient de gaze violette, avant de se coucher, et ils suivaient les petites fumées bleues qui montaient de chaque courtil vers le ciel, pour l'émailler à nouveau pendant la nuit. Puis contemplant l'agent voyer, elle sourit. Les yeux de l'agent voyer, en effet, vous aspirent, si vous vous y regardez, comme ces boules d'azur et d'argent que l'on suspend dans les jardins, près des tonnelles. Le soleil lui-même y apparaissait en forme de poire.

— Veux-tu me répondre? ordonna-t-il.

Elle murmura : — Ne faites donc pas le Jacques.

Il la serrait plus violemment.

— Veux-tu? une!

— Vous m'agacez, dit-elle. Je veux me moucher.

Ce n'était pas vrai. Elle n'avait pas de mouchoir.

— Veux-tu? deux!

Elle eut un sourire tel qu'il oublia de compter

trois. Il la lâcha et lui donna une gifle retentissante.

— Oh! fit-elle, un agent voyer!

Pendant qu'elle s'asseyait sur le talus, tapotant sa joue comme on tapote une jupe froissée, il sentait des larmes, grosses comme des remords, lui monter aux yeux, mais la pression était cependant trop faible et elles s'arrêtèrent à sa gorge.

Elle se leva enfin et retourna vers l'auberge. Il la suivait, de loin.

— Quand j'aime, pensait-il, tous mes défauts sortent, comme mes taches de rousseur quand il fait soleil. Voilà que j'ai giflé Hélène, qui aime peut-être être battue comme toutes les femmes, mais qui est trop fruste pour se rendre compte de son plaisir. Elle va me bouder pour me punir de cette preuve d'amour. Et d'ailleurs, je ne l'aime pas. Je m'entêtais à la chérir pour m'éviter les rêves d'un amour glorieux, ou délicat, ou sanguinaire, mais j'étais comme ces moineaux qui se juchent sur les épouvantails, pour narguer le propriétaire, et en oublient de picoter les cerises. Ou plutôt, je m'obstinais à trouver ma liaison enviable, parce que c'était l'amour, comme ces Parisiens qui s'entêtent à trouver bleu l'Océan, parce que c'est la mer. Laissons les paysannes aux paysans et aux poètes; les meilleures amantes sont encore comme les meilleurs soldats, elles savent lire et écrire. Au fond, mon Hélène à moi, j'aurais dû la chercher parmi ces bourgeoises qui habitent des salles à manger à vitraux, où les huiliers ont l'air de burettes; j'aurais dû la chercher

dans les halls ou dans les serres, ou dans un bal de
préfecture où elle serait passée, nonchalante, au
bras du préfet, un peu trop petit pour elle. Ç'aurait
été, au besoin, quelqu'une de ces adjointes qui rou-
gissent en leur première classe, d'apprendre que six
de leurs élèves sont nées le même jour, parce qu'il
leur vient à l'idée qu'elles furent conçues la même
nuit; une de ces buralistes qui, à la veillée, manient
leur machine à coudre comme leur télégraphe, sans
chercher à savoir si elles piquent des chemises ou des
mouchoirs. J'aurais, par ambition pour elle, préparé
l'École des Ponts et, le jour de l'admissibilité, elle
serait venue à moi, enthousiasmée, serrant les lèvres,
pour qu'aucun baiser n'en tombe.

Au bout d'une minute, une pensée chassa toutes
les autres. Il la crut d'abord insaisissable, on ne
voit pas le vent qui chasse les nuages, mais, tout
d'un coup, elle apparut :

— Si la pharmacienne s'appelait Hélène! pensait-il.

Or Bénoche revenait. L'agent voyer partit, sans
vouloir dire adieu, presque décidé, par bravade,
à payer sa bière. A vingt mètres de l'auberge, cependant, il se retourna. — Si elle est à la porte, se
disait-il, je lui pardonne. Si elle n'y est pas, tout est
fini.

Elle était à la porte, le suivant d'un regard qui
ne comprenait pas. Sa bouche était si large qu'elle
donnait envie de jouer au tonneau, ou d'y jeter le
prix de sa consommation.

— Je lui pardonne, pensait-il. Mais c'est une

sotte. Je n'aime pas celles qu'on gifle à droite et qui vous tendent la joue gauche. Si elle attend ma prochaine tournée pour rentrer chez elle, elle prendra du vert-de-gris.

Tous les cent mètres, un petit tas de cailloux se dressait, comme si quelque furieux avait mis la borne en morceaux. L'agent voyer les compta quelques minutes, machinalement, mais une sympathie subite le poussa à confier ses peines d'amour au père Bénoche. Il s'en repentit, le vieux prit la parole, et, jusqu'aux premières maisons du bourg, lui conta son mariage. Ne prenez jamais de confident à vos chagrins d'amour : il vous écoute deux minutes, puis vous étourdit de ses propres souffrances. Ne vous abritez pas sous les arbres, pendant l'orage : ils arrêtent l'averse un quart d'heure, puis ils se secouent et vous inondent.

III

Si vous êtes fonctionnaire et qu'à force de protections, vous soyez nommé à Beaune, vous arrivez
par l'omnibus de cinq heures. Vous avez pris congé
de votre ancienne résidence, sans chagrin, vous
vengeant par votre seul départ des impolitesses de
vos collègues, et, de l'impériale, les prés vous semblent
des champs de blé en herbe, vous n'apercevez que
des fermes modèles où le fumier n'est pas au centre
de la cour, comme là-bas; chaque au seau vous
étonne comme si vous étiez préparé à ce qu'il n'y
eût pas d'eau courante; une jeune fille, aux yeux
plus bleus à eux seuls que tous ceux que vous avez
vus, vous sourit; et vous lui répondez, bien loin de
vous douter que c'est une fille-mère qu'on appelle
la Belle Fatma; il n'est pas une devanture dont la
couleur ne vous paraisse définitive; au faîte des
cheminées, les pigeons se posent d'eux-mêmes le
bec tourné vers le vent, et ils vacillent comme des
girouettes; sur la place se dresse la statue d'un natu-

raliste, et vous vous y attendez si peu que vous la prenez pour une fontaine. Votre seul regret est que la libraire du chef-lieu d'où vous venez ne se soit pas donnée à vous : car il y aurait les mêmes délices à traîner des souvenirs d'amour dans cette petite ville chaste et nonchalante, qu'à causer, au sortir d'un rendez-vous, avec une religieuse.

Et si, vos protections étant plus puissantes que vous ne le croyez vous-même, le gouvernement vous appelle, à peine arrivé, à une classe supérieure, vous ignorez toujours quels combats vous aurait livrés le monstre à trois têtes de Beaume, la bourgeoisie. Vous auriez eu à choisir entre ses trois clans, et votre choix, fait au hasard de votre première rencontre au cercle, vous eût exclu des deux autres, à jamais. Les frères Dumas, anciens tapissiers de Bourges, deux grands chasseurs devant l'Éternel, dont ils n'admettent d'ailleurs pas l'existence, formèrent longtemps, à eux seuls, le premier; mais il s'était joint à eux, depuis quelques années, un notaire veuf, venu on ne sait d'où, avec quatre petites filles. Le second clan comprend une dizaine de réactionnaires, dont les ancêtres, jadis fermiers, firent revenir sous un faux prétexte leurs maîtres émigrés, les livrèrent aux Jacobins et achetèrent leurs domaines ainsi qu'en témoignaient les signatures compromettantes des archives, que l'instituteur trouva, un beau matin, effacées par une brûlure ronde comme si un visiteur avait appliqué sur chacune d'elles le bout d'un cigare allumé. Le troisième a pour noyau

JEAN GIRAUDOUX

M. Rebecque, le juge de paix, un noyau sec, cassant, un noyau républicain avec les royalistes, royaliste avec les républicains, mais entouré et ouaté par sa femme et ses deux filles. Les fonctionnaires s'éparpillent selon leur âge et leur goût pour la chasse. Le troisième clan a les plus jolies femmes; elles sont sept et l'une ressemble, à s'y méprendre, à l'impératrice Joséphine. Une autre, la septième, pour ne la point nommer, s'est enfuie un beau jour, — personne n'a su et elle ne sait plus pourquoi, — et revint trois mois après, avec les mêmes robes, mais elle a depuis son voyage un sourire tellement résigné que les frères Dumas eux-mêmes la saluent. La mort pique au hasard parmi les trois partis, avec cependant une légère préférence pour le premier. A peine un des beaux-pères Dumas est-il mort que la belle-mère s'en mêle.

L'agent voyer, qui n'avait pas de haut de forme, s'était donc félicité d'être le familier des Rebecque et d'éviter les enterrements, jusqu'au jour où l'Amour, jouant à Colin Maillard, le toucha, le reconnut, dénoua son propre bandeau et l'en coiffa.

Il s'agissait maintenant d'approcher la pharmacienne, et il n'y avait qu'un moyen : payer d'audace, entrer à la pharmacie et se présenter. Un dimanche il se mit en route, prêt à tout.

— J'achèterai de la teinture d'iode, se disait-il : on en a besoin à chaque instant. Voilà plus d'un an que je n'en ai point.

Mais, à quatre pas de la pharmacie, il s'arrêta,

consulta sa montre, et repartit, comme si l'on ne pouvait obtenir de la teinture d'iode qu'à certaines heures. Il revint tête basse, pas trop basse, car il craignait de frotter son faux col sur un petit furoncle, contre lequel il eût si bien pu acheter des vaselines, et il jugeait sévèrement son cœur d'avoir ainsi battu la chamade.

--- Je dois être un timide, pensait-il.

Or Mme Blebé passait, sous un chapeau rond couvert de fleurs. Elle semblait promener, avant de la porter au cimetière, une couronne destinée à son défunt mari.

L'agent voyer se surprit à lui sourire.

— Au fond, se dit-il, ragaillardi, je suis le contraire d'un timide : je parie que je salue le poète !

C'était de l'audace. Le poète de Beaume est un solitaire, qui n'a ni maison, ni famille, comme ces oiseaux qui nichent dans le nid des autres de peur d'oublier leurs chansons à amasser des brindilles. Il habite, à l'hôtel, une chambrette blanchie à la chaux, et passe ses jours à se promener dans le petit sentier qui unit par une veine d'ombre bleuâtre l'artère départementale à l'artère nationale, ou, assis au bord d'un fossé, à lire des livres si pervers, qu'on imprima un caducée sur la couverture jaune, comme sur les étiquettes à poisons. Mme Pivoteau rapporta un jour de Paris un recueil signé de son nom, deux cent trente et un poèmes dédiés à une Jeanne, mais si chastes qu'on se demande si c'est sa mère, sa fiancée, ou Jeanne d'Arc. L'agent voyer

JEAN GIRAUDOUX

le salua, sans le regarder; l'autre le regarda, sans répondre.

— Et je saluerai aussi Mme Leglard, se disait l'agent voyer; elle en vaut bien d'autres.

Mme Leglard, que l'on soupçonnait d'avoir été cantinière, le suivit de ses yeux ahuris, à travers sa fenêtre. Mais, sans remarquer son étonnement, il saluait déjà, à chaque fenêtre nouvelle, une de ces autres que Mme Leglard valait bien. Il ne songeait pas, l'imprudent, aux haines qu'il se préparait pour demain, alors que, dégrisé, il ne saluerait plus.

— Je traverserai le café sans prendre de consommation.

Il le traversa, feignant de chercher le contrôleur, qu'il savait en tournée. Il le chercha près du comptoir, comme si de sa vie le contrôleur se fût assis près du comptoir, puis, dans l'angle du billard, d'où il aperçut, le cœur tremblant, la pharmacie. Elle semblait donner de plain pied dans le café, et avec ses bocaux colorés comme des bouteilles de pippermint ou de grenadine, n'en être qu'une dépendance. Le sort en était jeté : il traversa la rue, et poussant la porte entr'ouverte, il entra.

La boutique était pleine. Le pharmacien vint s'excuser en phrases que le hasard rythmait :

— Ah! monsieur, que je regrette, voyez : tout le bourg est là. Patientez dans notre chambre. L'élève vous conduira.

L'élève l'y conduisit, mais tous deux l'y oublièrent.

IV

Accoudé au balcon de la pharmacienne, l'agent
voyer s'étonnait que la chambre ne fût pas, comme
son bureau, sous la menace perpétuelle du soleil.
Au lieu d'être réglés impitoyablement par ce globe
de balancier qui battait, une fois par jour, de Beaume
campagne à Beaume ville, le matin et le soir semblaient naître ici d'eux-mêmes, comme les buées sur
l'étang, se pénétrant et se déformant sans violence.
Si l'horloge avait sonné midi, vous seriez, sans en
chercher plus long, parti pour le restaurant. La
fenêtre était encadrée de cette vigne vierge, qui n'a
pas de raisin, parce que le vin éclata, avant l'automne,
dans ses feuilles pourpres; sur les collines s'étalaient
de larges flaques de soleil, qui séchaient peu à peu;
les petits jardins frileux se rapprochaient, si bien
que l'on ne voyait plus que leurs clôtures, qui paraissaient sans portes, et des vaches, parquées sans doute

du jour où l'on planta les haies, se battaient le
flancs de leur queue.

Il mit son lorgnon, le monde se composa, s'étage
avec ses bouleaux précis et grêles, avec ses deu
routes rigides, qui couraient entre le bourg et l
bourg voisin, parallèles, comme des courroies d
machines à battre. Il reconnut que les taches du
soleil étaient des champs de colza; il put compt
les petites cabanes des jardins, les unes ouvertes
tous vents, et que traversait, ce soir-là, le zéphir
les autres surmontées de cheminées immenses, ridi-
cules, sur ce toit mesquin, avec leur bicorne de fer-
blanc, comme un gendarme qui conduit une voiture à âne. Et les murmures se détachaient de la
terre et se précisaient : les poteaux télégraphiques,
enduits de cire, bruissaient comme des nids d'abeilles ;
un ruisseau jouait au long de son écluse comme au
long d'un harmonica; des chiens hurlaient longuement, à propos d'un panonceau qu'ils confondaient
avec la lune, puis, fouaillés, disaient leur peine. Des
enfants les imitaient sans pitié. On entendait très
loin, Dieu sait où, jurer le nom de Dieu. C'est par
un soir semblable que les premiers hommes, au
cœur du printemps, durent prévoir l'hiver.

L'agent voyer songe à un grand feu de bois, au
fond d'une salle à manger; le marbre de l'âtre
rougit comme une mare au couchant, et coule de
ses pieds aux pieds de la pharmacienne; les cosses
pétillent, à croire qu'un génie jaloux jette du sel
dans la cheminée; on l'en chasse, en tisonnant; les

JEAN GIRAUDOUX

mains se cherchent et les regards s'évitent à croire
que les yeux sont pleins de larmes. On les chasse,
en disant des mots.

— Il ne pleut pas, fait-elle; il neige.

Ceux qui prétendent qu'il pleut sont de bien
tristes personnages. Il neige, sur janvier fiévreux,
toute la quinine du ciel. Mais la neige fond, à peine
posée, comme si le génie expulsé répandait par
vengeance ses poignées de sel sur la terre. Et, à
peine posé, le rêve de l'agent voyer s'évanouit. L'été
doucereux miroitait sur son visage, et le chauffait
si bien, que, de dépit, il s'adosse au balcon. C'est
alors que le lit de la pharmacienne lui apparut.

Si le lit de la pharmacienne est long, s'il est très
large, s'il est de cuivre ou de noyer, l'agent voyer
n'en saura jamais rien, car il n'avait pas assez l'habitude du bonheur pour le détailler à son passage.
Le couvre-pied, d'ailleurs, formait housse.

C'était son lit, son lit de cuivre ou de noyer.
D'une masse, elle y tomberait au retour de chaque
rendez-vous. Ce serait au milieu du grand jour, au
moment où le soleil, du zénith, se demande s'il
redescendra du côté du matin ou du côté du soir.
Ce serait vers trois heures, quand tout va à hue,
quand tout va à dia, si bien qu'elle devrait parfois
se relever pour remonter la pendule ou pour rajuster
un cadre. Ce serait vers le crépuscule, à l'heure où
l'on ne sait s'il faut laisser mettre tout le couvert
par la bonne. Elle entendrait de sa chambre les
bruits de vaisselle, et si une pile d'assiettes s'écrou-

lait, elle se sentirait trop indulgente pour gronder :
tous trois mangeraient le potage dans des assiettes
à dessert.

Car, pour que le pharmacien n'ait pas de soupçon,
l'agent voyer est invité une fois par semaine. Ils
s'en vont ensuite, par la grande route, jusqu'au
pont que l'agent-voyer fit construire. Des tombe-
reaux passent, et les moyeux ruisselants de cambouis
effleurent l'agent-voyer, si bien que son hôte apos-
trophe les voituriers, qui l'injurient. Et l'on revient
du même pas, l'agent voyer sur la droite, enjambant
les rigoles régulières qui articulent l'accotement.
Elle se récrie devant les oies, devant les dindons et
pintades, devant les jeunes chiens qui se repaissent
au plus pur crottin, parce qu'ils l'ont vu faire aux
poules. Le mari, qui est chasseur, s'aventure dans
les sillons, écarte les bras pour faire lever les alouettes,
et semble les semer aux quatre coins du champ. Puis
il revient, enjambant les claies avec fracas. Alors, par
plaisanterie, l'agent voyer prend la main de sa compagne, examine son anneau d'or, et dit : — Tiens,
vous êtes mariée! très haut, pour que le pharmacien
n'ait pas de soupçons.

C'est ainsi que son amour croissait, trouvant
partout la pluie, le soleil et le verglas nécessaires.
Il était comme ces plantes qui, une fois semées, ne
se trompent jamais et ne poussent pas vers le centre
de la terre au lieu de monter vers le ciel... De la cui-
sine montait le bruit des couverts que l'on ordonne;
une soupe mitonnait et ronronnait; son chat miau-

lait; une pile d'assiettes croula : des sanglots gonflaient la poitrine de l'agent voyer, et, prenant, pour masquer sa vraie peine, le premier souvenir triste qui passât à sa portée, il pleurait sur sa cousine Élise-Adèle Duchênaie, — qui était boscotte, — en murmurant ses noms et prénoms.

V

A Beaume la renommée n'a qu'une bouche, et
une bouche toute petite, — celle de Mme Biebé la
veuve — mais l'agent voyer n'était pas dans la
pharmacie depuis dix minutes que toutes ces dames
épiaient déjà sa sortie, aux aguets derrière les fenêtres
des premiers étages d'où pendent, comme des langues
desséchées, leurs tapis, derrière celles des rez-de-
chaussée, aux rideaux baissés sur les vitres troubles
et qui semblent des yeux hypocrites dont la pau-
pière se trouve entre la cornée et l'iris. Mme Rebecque
seule avait eu la franchise de s'asseoir sur son balcon,
et elle avait l'air de présider un tournoi, assistée de
ses deux parentes, deux vieilles filles qu'on disait
jumelles, mais qui avaient fini par ne plus se res-
sembler, et qu'on appelait les Câlines, parce qu'elles
penchaient de concert leur tête languissante sur
leur épaule gauche, comme pour écouter si leur

cœur battait toujours. Elles entendaient ce soir-là
battre jusqu'au cœur de leur cousine, et à l'unisson
du leur, car la conduite de l'agent voyer les révol-
tait elles aussi; et elles brûlaient du désir de troubler,
par leur seule présence, son retour victorieux.

A vrai dire, Roméo se faisait attendre; jamais
on n'avait vu autant de clients sortir de la pharmacie, et qui lui ressemblassent aussi peu. Tout
contribuait d'ailleurs à énerver l'attente : un petit
roquet, assis sur le perron de la pharmacie, aboyait
avec tant d'insistance, que chaque visiteur avait
l'air d'entrer acheter des boulettes; un bonnetier
promenait sans hâte une immense voiture de bas
et de tricots, s'arrêtant des heures devant chaque
sonnette, et menaçant de masquer la sortie de Don
Juan; comme il repassait, laissant des bas à treize
sous, Mme Rebecque et les Câlines ne lui cachèrent
pas plus longtemps leur indignation. Il eut l'air,
une seconde, de vouloir les épousseter toutes trois
avec les longs plumeaux qu'il portait sur ses épaules.
...Ajoutez que l'après-midi, le ciel, le soleil semblaient
favorables à l'amour : si vous aviez mouillé votre
doigt pour savoir d'où venait le vent, il serait resté
humide une demi-heure, et si vous l'aviez frotté
contre une vitre ou contre du bois, vous auriez imité
à vous y méprendre le roucoulement des colombes.

Enfin, Attila parut, tête penchée, comme s'il n'y
avait rien dans son cerveau pour équilibrer sa bouche
lestée de baisers ou comme s'il regardait si ses lacets
étaient bien renoués; les lèvres rouges comme si la

JEAN GIRAUDOUX

pharmacienne, par badinage et par bravade, les avaient passées au carmin. Il se baissa pour caresser le petit chien qui crut le remercier en s'attaquant, le malotru, au chat de Mme Rebecque. Puis il regarda sa montre, fit une moue, et entra chez l'horloger, comme si les aiguilles s'étaient arrêtées, fixées soudain sur la minute de son bonheur.

Et Mme Rebecque sentit une petite tête s'appuyer sur son épaule, et pleurer doucement. C'était Coco. Elle versait de petites larmes où il y avait plus d'air que d'eau, et qui s'évaporaient avant d'arriver au rez-de-chaussée. C'est qu'on avait tout compris, et qu'il fallait vite pleurer avant le dîner : M. Rebecque ne souffrait pas que l'on fît la mine à table. Mme Rebecque ne pleurait point, mais elle eût bien volontiers redressé d'un coup sec la tête des Câlines, qui souriaient.

Elles souriaient, mais leur visage devint tout d'un coup sérieux, et elles eurent beau le secouer, en prenant congé, il resta dans l'ombre dans les rides. Elles embrassèrent Coco, sans une parole, et partirent, oubliant, dans leur précipitation, de saluer Morot, l'adjoint, qui pouvait faire accorder les dixièmes à leur frère, le receveur municipal. Elles allaient, câlin câlant : un enfant les suivit, penchant la tête comme elles, par moquerie ; du balcon, il avait l'air d'être leur fils.

VI

Les méteils débordaient la terre; les libellules,
mal aiguillées au pont, flottaient, désorientées, au-
dessus des routes qu'elles prenaient pour des ruis-
seaux, cherchant en vain le sens de leur courant.
Les chiens qu'on appelait tout court Black ou
Miraut vous hurlaient longuement leur nom de
famille.

Quatre chefs cantonniers mettaient en massifs
l'ancien potager où l'agent voyer recevrait un jour
la pharmacienne. Habitués à soulever des cailloux,
ils trouvaient la terre légère, et parfois, par jeu,
s'en lançaient des mottes. Mais ils n'aimaient pas
les mêmes fleurs. Bénoche préférait le géranium,
qui chasse les fourmis; Pazy l'exécrait, parce qu'il
sent la sardine, et Badou les écoutait, indifférent,
car il n'avait jamais respiré de près les fleurs, et se

sentait disposé à semer du gazon sur les massifs, si
cela leur faisait plaisir. Parfois, pour les calmer,
l'agent voyer devait apparaître au perron, sifflotant.
Depuis qu'il avait entrevu la chambre de la pharmacienne, des oiseaux divins sifflaient dans son
âme. Il bâillait comme s'il aspirait l'air pour la
première fois; il eût voulu s'asseoir sans avoir à
poser ses bras sur les appuis des fauteuils; il eût
voulu se promener sans avoir à remuer les jambes;
et il enviait les paysans qui marchent en tête des
attelages, le dos sur le joug, et que les bœufs semblent
pousser. Son complet de demi-saison lui avait pesé
soudain aux épaules, et le tailleur était venu : il lui
avait révélé une étoffe anglaise qui faisait merveil-
leusement en jaquette — c'était d'ailleurs très bien
aussi en veston, — et il était reparti très vite, dans
la hâte de couper. Il comprenait pourquoi il y a des
escarpolettes, des hamacs, et projetait de s'en monter
un avec des filets de pêcheur, qu'un de ses gardes
avait saisis parce qu'ils n'avaient pas la largeur de
maille. La pharmacienne rirait et trébucherait en
le rejoignant au hamac comme une baigneuse qui
remonte en barque. Elle aurait l'air d'avoir une
voilette, tout autour de son corsage et de ses jupes.
Le filet les ramènerait irrésistiblement l'un sur
l'autre, et lui s'arrangerait de manière à ce qu'il
se fermât au-dessus d'eux.

— Cher Vénus, dirait-il.

— Mon cher Mars, répondrait-elle.

La corde du hamac aurait dessiné sur les bras nus

mille losanges, et sur chacun il y aurait place pour un baiser. Le filet, pour les lèvres, avait la largeur de maille.

Ils causeraient, pour causer.

— Ne trouvez-vous pas drôle, dirait-il, que l'on défende aux jeunes gens de vivre avec des maîtresses, sous peine de phtisie — et que leur santé soit bonne, dès qu'ils sont mariés, leur femme fût-elle leur ancienne maîtresse.

— Oui, murmurerait-elle, rougissante.

Il lui apprendrait à se défier des opinions reçues, du mariage, de la religion :

— Peut-être vous représentez-vous Jésus-Christ comme un adolescent aux traits de femme, aux cheveux roux et bouclés?

— Pourquoi pas? dirait-elle.

Il sourirait.

— Parce que vous auriez tort, amour. Il était sec, petit, et brun. N'allez pas oublier, amour, n'allez pas oublier que c'était un juif.

— Je t'aime, répondrait-elle, je t'aime de toute mon âme.

Et ils oublieraient à ces jeux que leur amour était fait d'adultère de même que les enfants oublient à sucer leur sucre d'orge qu'il est fait avec de l'orge.

C'est ainsi que l'agent voyer rêvait sur ses bordereaux, lorsqu'on frotta ses pieds sur le décrottoir, et qu'on frappa. Il se garda bien de répondre, car les mendiants eux-mêmes décrottent leurs pieds, comme s'ils faisaient une visite, et aussi souvent la femme de ménage sonnait, parce qu'elle avait oublié sa clef.

— Qu'elle la retrouve, pensait l'agent voyer. Et si elle ne la retrouve pas, qu'elle en fasse faire une seconde à ses frais. Et que ma chambre ne soit pas prête, lorsque je me coucherai !

Or c'étaient les Câlines, debout sur le perron, inclinant la tête vers le ciel comme si on devait leur tendre, du premier étage, une échelle de corde. Leurs petits cœurs tremblotaient dans leur poitrine comme une noisette dans une coquille de noix. L'aînée rabaissa les yeux sur les gros moellons de la porte, mais un gamin y avait écrit au charbon : « Zut pour celui ou celle qui le lira », et déconcertée, elle refrappa, mais en souhaitant que la femme de ménage fût absente. Elle l'était. Ce fut l'agent voyer lui-même qui ouvrit, et si soudainement qu'elles eurent peur. Il sourit et les introduisit dans son bureau. La cadette prit les devants ; la large chouette étalée sur son chapeau couvait des pensées malicieuses.

— Nous ne nous assiérons pas, dit-elle. Pardonnez à deux vieilles filles, qui ne savent pas farder la vérité. Nous ne nous assiérons pas.

Il répondit, toujours souriant :

— Mademoiselle votre sœur s'assiéra. Ce fauteuil lui tend les bras. Je me permettrai également de déboucher cette bouteille de limonade.

La cadette devint offensante :

— Mademoiselle ma sœur s'assiéra si elle veut. Elle boira votre limonade, si elle y tient, pour vous

JEAN GIRAUDOUX

faire plaisir, et bien qu'elle sache ce que la limonade
lui réserve. Pour moi je n'ai qu'un mot à vous dire :
vos assiduités ont compromis Coco Rebecque, notre
cousine. Vous lui devez de cesser une vie d'inconduite.

L'agent voyer la fixait, ahuri. et répliqua, grossier
à dessein :

— Mais, pardon, vous confondez. C'est M. Rebecque
père qui vit dans l'inconduite avec la belle Fatma!

La cadette rougit sous l'outrage, et cria :

— Est-ce lui qui aime notre voisine?

— Quelle voisine?

— Cette éhontée!

— Quelle éhontée?

— La Pharmacienne!

Vous avez peut-être vu des châteaux de cartes
s'écrouler; ou plutôt vous avez vu s'écrouler, dans
le crépuscule, de vrais châteaux de granit et de
marbre, si près du couchant que les grés en flambent,
posés sur les croupes des monts comme des palan-
quins, avec des tours si larges, que l'on gravirait à
cheval les escaliers; ou plutôt encore, vous avez vu
une toute petite villa, reléguée sur une colline comme
un enfant malade, et que la foudre a choisie, par
caprice. Ainsi s'évanouirent les espérances de l'agent
voyer. Il ne trouva que la force de dire :

— Voici la porte, mesdemoiselles.

Elles regardèrent la porte, sans comprendre,
comme si elles s'attendaient à ce qu'il leur expliquât
ainsi tout le bureau : — Voici la fenêtre, voici le
plafond, voici la corbeille à papier. Et d'ailleurs

l'agent voyer lui-même ne voulait pas qu'elles s'enfuient. Il se cramponnait à elles, comme les naufragés à la première planche, fût-elle du navire qui les aborda.

— Et vous, mesdemoiselles, n'avez-vous jamais aimé?

Elles baissèrent la tête. Toutes deux, en effet, avaient dû aimer, et en cherchant un peu, elles se le rappelleraient, à coup sûr; elles se rappelleraient un cousin, qui ne les embrassait que sur la joue qu'elles découvraient en penchant la tête; un autre cousin qui avait dû hésiter entre elles deux, puisqu'il était mort avant d'en avoir choisi aucune; et quel désir elles avaient eu de connaître le frère de M. Blebé, le ténor; et Pierre Loti, s'il était venu vers elles, suppliant et menaçant à la fois, comme elles l'auraient aimé? Câline cadette se repentit de sa cruauté. Elle dit :

— Certes, nous ne voulons pas que vous rompiez du soir au lendemain. Vous recevrez un mot de Mme Rebecque, qui vous priera de venir passer le dimanche à sa villa d'Antrague. Ne refusez point. La Pharmacienne y sera. Nous vous le promettons. Vous ferez vos adieux tout à votre aise. On ne saura jamais ce qu'il y a eu entre elle et vous.

On ne saura jamais non plus par où les Câlines sortirent. L'agent voyer se retrouva seul, hébété, réveillé par un coup sec frappé à la porte. C'était Bénoche : Fallait-il mettre des géraniums ou des zinnias dans les massifs?

JEAN GIRAUDOUX

— **Mettez-y** du crottin, si vous voulez, répondit
l'agent voyer.

Puis il se mit à la fenêtre, et il n'eut qu'à pencher
la tête pour pleurer. Le vent était si humide qu'il
ne pouvait sécher ses larmes. Elles tombèrent des
demi-heures entières; et il tenait son mouchoir au-
dessous d'elles; et il pensait : — Jamais de ma vie,
non jamais, je n'ai autant saigné du nez!

VII

Il y avait deux façons de monter en troisièmes sans être remarqué, au train de dix heures, qui emportait vers Antrague les invités de Mme Rebecque. L'agent voyer pouvait arriver une heure avant le départ, et se blottir dans les voitures de tête, ou bien, feignant de manquer le train, escalader à la dernière minute le dernier wagon. A Antrague, il descendrait en hâte, et se posterait devant les secondes pour saluer ces dames. Dix heures sonnaient, quand il bondit des Messageries où il avait patienté vingt minutes, et cependant, il lui sembla que des éternités s'écoulaient avant le départ du train.

Peut-être devait-il y avoir un accident, car, en quelques secondes, comme les condamnés à mort, devant la guillotine, il revit en panorama toute sa vie : Le Puy, où il était né, Paris où il mourrait, et

— 49 —

4

il se préparait à feuilleter son passé comme un palmarès, car il se savait vertueux, travailleur et honnête, mais trois ou quatre souvenirs infamants se dressèrent au milieu de son existence comme les rocs au milieu de sa ville natale, et ils dominaient jusqu'aux souvenirs modestes que leur ombre n'atteignait pas. Il y avait un Dimanche de septembre, où il avait insulté sa cousine, grossièrement, sans provocation ; il y avait un soir d'études, au lycée où il avait dérobé une collection de timbres; il y avait le jour du baccalauréat, où la petite rue du Fer-à-Cheval, à Clermont, avait eu sa visite, et sa seule creuse était que ce fût le baccalauréat de philosophie et non celui de rhétorique; il y avait enfin le jour où il avait avalé du hachisch; où son corps s'agrippait à chaque objet et s'étirait; où sa jambe collée au trottoir s'allongeait comme de la guimauve; où l'air passait au laminoir ses bras, comme l'eau d'une baignoire. Il y avait aussi, il y avait... mais le train s'ébranlait et le rideau tomba.

Un accident était d'ailleurs bien improbable, car pour plus de sûreté, la locomotive suivait presque toujours la route, et elle sifflait tout le long des tunnels, comme ces voyageurs qui chantent, quand la peur les prend, dans la forêt.

Au reste, en cas de télescopage, on ne pouvait porter l'agent voyer en terre dans un plus beau costume. Il avait mis, dans sa désolation, des bottines vernies, le gilet de velours, et il hésitait maintenant à s'asseoir sur le coussin, ne sachant s'il

JEAN GIRAUDOUX

devait user de préférence le fond de son pantalon
ou les basques de sa jaquette. Debout à la portière,
il se demandait, mordu par le doute, à combien
de wagons pouvait être la pharmacienne, et si réel-
lement elle était venue, et si elle n'était pas plutôt
une des innombrables jeunes filles que le Dimanche
avait éparpillées dans la campagne. Il y en avait
le long du canal, que le canal mirait jusqu'à la taille
et dont le reflet huileux vacillait sur l'eau comme une
veilleuse; il y en avait le long des rivières rageuses
qui essayaient en vain d'emporter leurs images,
les détachant d'un coup, les tordant comme le vent
tord les serviettes au séchoir, se demandant à quelle
corde elles tenaient; il y en avait aux passages à
niveau des gares, accoudées aux barrières, envoyant
des baisers au train qui se laissait fléchir et atten-
dait encore une minute; il y en avait dans un jeu de
tennis, assises et déjeunant, déjà désœuvrées, comme
si par mégarde au lieu de balles, elles avaient emporté
des œufs durs. Il y en avait debout sur des terrasses,
étendues sur des revers de fossés, haussées sur leurs
bottines pour cueillir des mûres, courbées vers les
gazons, et l'on ne savait si elles cherchaient du trèfle
à quatre feuilles ou quelque mouchoir égaré : mâchant
des fleurs, suivant le train d'yeux qu'on voyait à
peine, agitant le mouchoir retrouvé; criant, riant,
toussant d'une voix qu'on n'entendait pas, mais qui
volait autour de leur bouche, prête à y rentrer,
comme une abeille au sortir de sa ruche. Et l'on ne
voyait aucun jeune homme...

JEAN GIRAUDOUX

Les invités de Mme Rebecque quittaient en bande la gare d'Antrague, quand un grand vacarme leur fit tourner la tête. Enfermé dans un compartiment de troisième, l'agent voyer gesticulait, impuissant, et le train, honteux d'avoir déposé tant de voyageurs, sifflait et resifflait pour lui faire entendre qu'un accident est bien vite arrivé. Délivré enfin, il arrivait vers ces dames, après avoir quitté son lorgnon par coquetterie, et du premier coup d'œil il démêla le visage d'une femme inconnue, pâle, et qui ressemblait justement à toutes les jeunes filles qu'il avait vues de la portière.

Ce ne pouvait être qu'elle; sa gorge royale palpitait au rythme de ses paupières. Câline l'aînée le présenta :

— Monsieur l'Agent voyer.

Il murmura, désolé :

— Oh! Madame! Oh! Madame!

Elle le dévisageait, à demi étonnée, tandis que Câline cadette le nommait à une autre dame, à laquelle il n'accorda aucune attention, et qui, dépitée de l'impolitesse, s'en fut en avant avec M. Pivoteau.

L'agent voyer offrit à la première son bras, dont il ne savait justement que faire. Elle s'y appuyait du bout des doigts et pourtant il la portait toute. Une larme tomba de ses yeux, sans qu'il sût pourquoi, et il pensait, comme les enfants qui voient pleurer en plein soleil, c'est le diable qui bat sa femme. Une seconde larme tomba sur la main dégantée de sa compagne :

JEAN GIRAUDOUX

— Tiens, il pleut, dit-elle.

— Pas de bien haut, répondit-il.

— C'est un nuage, dit-elle.

— Qui passera, répondit-il.

Il aurait badiné ainsi mille ans, confondant à dessein son désespoir et sa joie. A la voir si souple et si pure, il concevait des pensées déraisonnables et se demandait si, malgré son mariage, elle n'était pas encore jeune fille. Peut-être le vieux pharmacien l'avait-il épousée pour la soustraire à un tuteur cruel. Peut-être aussi avait-il eu trop de confiance en ses drogues. Il se taisait pour écouter à son aise les cassures et les froissements de son corsage. Coco Rebecque les dépassa, se forçant à leur sourire. Ils causèrent d'elle.

— Ne trouvez-vous pas, monsieur l'Agent voyer, que Coco s'est transformée, en quelques jours? La voilà femme!

— La voilà femme? répétait-il méfiant.

— Oui, monsieur l'Agent voyer, et cela ne m'étonne point. Elle est de celles qui se couchent gamines, et se lèvent grandies; qui rompent, un beau matin et en un jour, avec leurs poupées, et leurs nattes; dont le corps obéit à ces lois qui décrètent l'âge de la majorité, du mariage, et qui sont soudain embarrassées, passé vingt et un ans, quand le code ne leur dit plus à quel âge elles deviennent des femmes mûres, puis de vieilles femmes. Elle est de celles, en un mot, auxquelles Dieu donna une vie en tranches, faite pour être mangée en famille.

JEAN GIRAUDOUX

Chacune de ses phrases, l'agent voyer la retournait et l'appliquait à elle-même.

— Non, monsieur l'Agent voyer. Je suis devenue femme lentement, sans m'en douter et sans y ajouter d'importance. Je suis née avec mes trente-deux dents; mes cheveux roussis par les limbes étaient blond-cendré au premier jour, et toutes mes photographies me ressemblent. Ma vie s'écoule comme un canal sans écluse et qui creusa sa propre pente. J'arriverai à la mort comme on arrive à la mer, naturellement, en descendant toujours. On m'étendra sur mon lit de jeune fille, et l'on nouera autout de mon menton le bandeau que l'amour ne mit jamais autour de mes yeux.

Autour d'eux, éternels, ne sachant plus s'ils étaient jeunes ou s'ils étaient vieux, s'étalaient la campagne et le dimanche. Leur vernis se collait à l'émail sur la rivière et les étangs, et l'on eût craint, à boire leur eau, d'attraper l'appendicite. Mille parfums nous accueillaient, évoquant chacun un souvenir précis, et qui donnaient, comme un stéréoscope, de la perspective à des regrets et à des joies que l'on croyait déteints et plats. Il suffisait de tourner les yeux vers la pharmacienne pour respirer l'air des anémones, des cressons, des houx, et vers la campagne pour respirer la pharmacienne.

Il dit :

— Je suis devenu homme tout d'un coup, un soir, à peu près vers l'époque de mon baccalauréat.

Dans le ciel, de grosses banquises se heurtaient

JEAN GIRAUDOUX

et se fondaient. Une tourterelle roucoula, et avança sa tête, hors de son nid, pour montrer son anneau conjugal. L'agent voyer aurait voulu que la pharmacienne fût toute petite, et la prendre en ses mains, et la becqueter comme un petit de la tourterelle.

Une seule voix leur parvenait, celle de M. Pivoteau qui marchait en avant-garde, et qui disait à sa voisine :

— Eh oui! J'ai abandonné la chasse pour la photographie. Au lieu de la perdrix, je chasse les sites, et ça n'est guère plus facile. Il se cache lui aussi dans les rochers, dans les garennes; vous en voyez un de la route, vous montez, et, quand vous croyez le tenir, il est déjà au terrier. Les meilleurs sont encore les petits sites de rien du tout : deux arbres, un pont, une automobile au repos. Les voilà, madame, les vrais sites.

— Si vous nous photographiiez? supplièrent les Câlines.

— Avec plaisir, mesdemoiselles, ça y est!

— Déjà, protesta Mᵐᵉ Danton, qui élargissait encore ses lèvres larges, pour les ramener, les rabattre, en mordre les commissures, et faire ainsi petite bouche. — Vous êtes ridicule. N'appelez pas pose ce qui est instantané. Vous n'avez même pas vu que nous étions treize.

— Nous serons quatorze, riposta-t-il. La voisine de M. l'Agent voyer aura deux têtes. Elle s'est tournée au beau moment vers lui.

Il rougit. Elle rougit. Il se mit, dans son bonheur,

a cueilli des avoines folles, et il soufflait sur elles pour en faire envoler d'un coup tout le duvet, preuve que l'on est aimé. Il confondait avec les pissenlits. M. Pivoteau parut à grands pas pour développer ses plaques, mais lorsque les invités arrivèrent à la villa, ils le virent sortir de sa chambre noire, désespéré, criant :

Mille Dieu, mon pyrogalique qui est devenu pyrogalate!

Mme Danton l'aurait prédit.

VIII

Midi. On s'étonne, aux carrefours où les routes s'accrochent en aiguilles qu'elles ne se rabattent pas les unes sur les autres. Les tailleurs de pierre donnent leurs derniers coups de masse, et l'écho, du grès vous arrive, régulier, assourdi, comme si les cadrans solaires se prenaient à sonner. Même du fond d'un puits vous ne verriez plus les étoiles; les héliotropes se dressent, empesés; les chats cerclés de brun s'allongent comme des ressorts, les iris fondus dans leurs yeux verts, la queue dans le matin, la tête dans le soir. Vous n'avez aucune peur de sentir le soleil juste au-dessus de votre tête, car même s'il se décrochait maintenant, vous seriez mort depuis des années avant qu'il n'arrivât; les horloges sonnent sans compter, sûres qu'elles ne sonneront jamais trop, et vous vous demandez si c'est au sixième coup ou au douzième que midi vient. L'agent voyer avait toujours eu le respect des frontières, des bornes que l'on posa entre les heures du jour comme entre les départements de la France, et il aimait à ne se coucher qu'à minuit juste, de même qu'ils s'amusait encore, à la limite du Bourbonnais et du Berry, à poser le pied droit dans le Cher, le pied gauche dans l'Allier, ou bien, le corps dans une province, à ne laisser dans l'autre que son ombre.

Or son ombre était en deçà de midi et goûtait au potage, quand un événement, brusque comme un coup de cravache, l'enleva au-dessus de l'obstacle. Sa voisine avait le hoquet. Ce fut d'abord un hoquet discret, qui se contentait de soulever à coups réguliers sa poitrine, comme si son cœur lui aussi eût sonné midi, mais il éclata bientôt comme un sanglot, et il semblait que la vue du potage éveillât en elle des souvenirs désespérés. On ne mangeait plus qu'avec précaution, et chaque convive indiquait le moyen radical de guérison. Il fallait, d'après M. Pivoteau, se pincer le petit doigt, et d'après M. Rebecque, rester sans respirer jusqu'à ce que tout hoquet eût disparu ; Mme Danton fit apporter une énorme clef, qu'elle allait appliquer sur les épaules de la malade, quand on lui rappela qu'elle confondait avec les saignements de nez : puis l'agent voyer voulut qu'elle se bouchât les oreilles, et lui faisait boire goutte à goutte un verre à bordeaux d'eau fraîche quand un cri terrible retentit :

— Oh ! mesdames, le feu est sous la table.

Tout le monde se leva, éperdu, — excepté la patiente qui ne pouvait entendre, — et se rassit

JEAN GIRAUDOUX

en souriant, quand M. Danton, piteusement, eut
avoué qu'il avait voulu guérir le hoquet par la peur.
L'idée d'ailleurs était bonne, et ce fut à qui effraierait :
M. Rebecque embrassa la malade sur la nuque, sans
préparation, confondant sans doute, lui aussi, avec
les saignements de nez; une dépêche lui révéla que
Beaume venait d'être détruit par un tremblement de
terre : mais un médecin lui eût affirmé que son hoquet
durerait jusqu'à la mort que l'émotion même ne
l'eût pas guérie. Elle prit le bras de l'agent voyer,
et ils sortirent.

Ils allaient, silencieux, à travers le parc; au long
de l'allée, se hâtaient les punaises des bois, et, sous
leurs ailes roses, elles semblaient des fourmis chargées
de fraises. Attachés les uns aux autres par une corde
à étendre le linge, avec les précautions d'alpinistes
à l'approche d'une crevasse, des chênes se hasar-
daient jusqu'au ruisseau, et le plus hardi buvait
dévotement, allongeant ses racines comme des
trompes. La malade se pencha comme eux, trébucha,
poussa un cri; et le hoquet disparut.

Alors, délivrés, comme deux enfants qui ont fait
une commission et n'ont plus qu'à flâner, ils s'assirent
au pied d'un hêtre, autour duquel dansaient mille
insectes; un vent léger retroussait les feuilles et
dévoilait leur doublure blanche; au loin, la villa
dormait, poudrée à gris, les fenêtres cerclées de
briques rouges comme des lèvres passées au carmin.

— J'ai rêvé, dit l'agent voyer, que vous vous
appeliez Marie-Thérèse.

Il avait trouvé le moyen de n'être plus timide, en rejetant la responsabilité de ses paroles sur les rêves, et il ne reculait maintenant devant aucune question.

— Vous brûlez, répondit-elle, mon nom commence par Marie.

Mais tous les noms de femme commencent par celui de Marie, qu'on le prononce ou non, de même que tous les noms d'Égyptiens finissent par bey. L'agent voyer essayait cependant de deviner, en récitant une ronde qu'il savait jadis par cœur : Marie-Louise, petite cerise — Marie-Thérèse, petite fraise — Marie-Rose, petite rose.

— J'ai rêvé, hasarda-t-il, que je vous le demandais à genoux; et que j'embrassais par surcroît votre main.

— Avez-vous rêvé, dit-elle, qu'il pleuvait?

Il allait justement en faire la remarque, il pleuvait même à travers l'arbre. Une goutte tomba sur les lèvres sèches de Marie-Louise et s'y étala comme une tache sur un buvard. Ils se levèrent, pour offrir moins de surface à l'averse, et s'enfoncèrent dans le taillis. Les feuilles tombaient, entraînées par de l'eau qui séchait en route, et elles remontaient dans l'air, délestées. L'agent voyer ne pouvait lutter contre son amour. Il parla.

— Peut-être, dit-il, vous représentez-vous Jésus-Christ comme un adolescent aux traits de femme, avec des cheveux roux et bouclés?

Elle s'arrêta, sans répondre. Elle avait écrasé

une petite grenouille qui se hâtait vers l'étang, par peur de la pluie. Un tout petit cœur battait encore et soulevait le ventre tacheté; elle la contemplait, essayant de n'être pas triste, et s'excusait en riant, affirmant que les grenouilles mortes ressemblent à des crapauds. Puis elle écrasa un scarabé dont la bouillie cette fois ne ressemblait à rien, puis une petite cigale, dont il ne resta que les grandes pattes comme si elle avait sauté très loin, oubliant là ses béquilles. Un escargot aussi l'échappa belle.

Mais l'agent voyer ne s'effrayait pas de ce carnage. Il savait la parenté de l'amour et de la mort, et il souhaitait qu'elle écrasât encore un oiseau, ou une rose, quelque chose enfin où l'on vit du sang. — Peut-être aussi un bûcheron tomberait-il à point, du haut d'un chêne.

— Marie-Louise, murmura-t-il. Je crois que vous serez toujours ma petite Marie-Louise.

Elle répondit, moqueuse :

— Et votre pharmacienne? qu'est-ce qu'elle est?

Il la regardait, déconcerté. Soudain, pris d'inquiétude, il ajusta son lorgnon et eut conscience de méprise.

— Mais oui, continuait l'imposteuse. vous laissez votre pharmacienne pour suivre une malheureuse vieille fille, et vous ne pourrez même pas lui dire adieu car elle part au train de deux heures trente.

Il se souvint alors de la dame qui, à la gare, après une présentation hâtive, était partie au bras de M. Pivoteau et brusquement il se mit à courir.

JEAN GIRAUDOUX

L'agent voyer courait vers la gare. Il y courait d'instinct, sans savoir où elle était, comme un train qui se laisse conduire par les rails. Une branche retint son chapeau, une épine taillada sa jaquette; mais qu'importait, pourvu que les souliers restassent et qu'il continuât de courir; son pantalon flottait, l'éventant doucement du mollet au genou; il ne pensait à rien, qu'à une ampoule mal fermée, qui pouvait se rouvrir et l'obliger à trotter sur le talon. Le diable aussi de n'avoir point, pour éviter la soif, un petit caillou dans la bouche! Et soudain, la gare apparut, encadrée de cyprès et d'ifs, hautaine comme un presbytère; et la cloche sonnait, comme un glas annonçant l'arrivée du train, ou le désespoir de l'agent voyer; et il voyait, dans la salle d'attente, une jeune femme, les paupières baissées sur les yeux trop prometteurs comme une feuille de vigne, les bras chargés de genêts. Il franchit le buisson qui séparait les champs de la chaussée, mais il avait oublié que les fossés de ce canton ont vingt centimètres de plus que les siens. Il tomba; sa tête butta contre le gazon, et il resta là inerte : son cœur continuait à battre, comme une pendule dans une maison abandonnée.

Quand il rouvrit les yeux, il était dans le salon de la villa, étendu sur une chaise longue. Il y avait à sa droite Marie-Louise, à sa gauche Coco Rebecque, à sa tête, Hélène, son ancienne maîtresse, qui faisait des journées chez les riches voisins, et il ne s'en étonnait pas, de même qu'un mineur qu'on retire du puits après l'accident ne se demande point pourquoi sa famille entière s'est réunie. Et les trois femmes se souriaient, désormais rassurées, comme trois cousines, quand leur cousin a perdu son unique sœur, et qu'elles se sentent à jamais ses plus proches parentes.

FIN

---

¹ Cette nouvelle est extraite des *Provinciales* et publiée avec l'autorisation de l'éditeur Bernard Grasset.

E. GREVIN — IMPRIMERIE DE LAGNY

www.ingramcontent.com/pod-product-compliance
Lightning Source LLC
LaVergne TN
LVHW022320170726
843503LV00006B/2620